Wolfgang und Heike
HOHLBEIN

Das Märchen von Märchenmond

Illustrationen von Arndt Drechsler

Ueberreuter

Sag mal, Großvater«, sagte Priwinn, als sie abends am Lagerfeuer saßen und Kartoffeln und knusprige Marshmallows brieten, »ich werde doch jetzt bald neun, stimmt's?«

»Was ist denn das für eine Frage?« Großvater Temmy – der übrigens nicht wirklich so hieß, aber ann so genannt wurde – nahm sich ein Stöckchen mit einer dampfend heißen Kartoffel vom Feuer und blies darauf. »Natürlich wirst du bald neun. Genau gesagt: morgen. Dieser Ausflug hier ist dein Geburtstagsgeschenk, wenn ich mich recht erinnere.«

Er machte eine schnelle Geste mit der Hand, die die Kartoffel hielt, und ein bisschen heiße Asche fiel auf seinen weißen Bart herab.

Priwinn grinste, wurde aber sofort wieder ernst. Selbstverständlich wusste er, wie alt er war. Schließlich hatte er seine Eltern lange genug bearbeitet, damit sie ihm die Erlaubnis zu dieser Wandertour mit Großvater Temmy – der streng genommen auch gar nicht Priwinns Großvater war, sondern nur so etwas wie ein guter Freund der Familie – gegeben hatten. Sein Vater hatte sich ganz schön angestellt und gemeint, dass es nicht zu verantworten sei, einen Achtjährigen nur in Begleitung eines alten Mannes eine Woche lang durch das Gebirge wandern zu lassen. Erst als Priwinn seinen bevorstehenden Geburtstag in die Waagschale geworfen und darauf hingewiesen hatte, dass

Großvater Temmy trotz seines hohen Alters in besserer Verfassung war als so mancher viel jüngere Mann, hatte er ihm die Erlaubnis schließlich widerwillig gegeben.

Und jetzt waren sie hier, nach zwei Tagen, in denen sie durch menschenleere Wälder und wildes Gebirge gewandert waren und Priwinn Dinge gesehen hatte, von denen sich die meisten seiner Klassenkameraden noch nicht einmal hätten träumen lassen. Wanderungen mit Großvater Temmy waren immer etwas Besonderes, denn er kannte eine Menge geheimnisvoller Orte, von denen die meisten anderen Menschen nicht einmal gehört hatten.

Das alles interessierte Priwinn im Moment jedoch nicht. Er hatte seine Frage nicht zufällig gestellt, sondern weil er auf etwas hinaus wollte, was ihm schon lange auf der Seele brannte.

»Dann bin ich, glaube ich, auch alt genug, um etwas zu erfahren, was mir niemand verraten will«, fuhr er fort, ganz absichtlich in leicht nörgelndem Ton.

»So?« Großvater Temmy zupfte die Asche aus seinem Bart und sah Priwinn an, als wüsste er schon ganz genau, worauf er hinauswollte. »Und was ist das für eine wichtige Frage?«

»Wieso habe ich so einen komischen Namen?«, wollte Priwinn wissen.

»Komischer Name?« Großvater Temmy biss herzhaft in seine Kartoffel. »Wieso komisch? Ich finde, Priwinn ist ein ganz normaler Name«, fuhr er mit vollem Mund fort. Das war etwas, was Priwinn ganz besonders an ihm mochte. Obwohl er bestimmt alt genug war, um nicht nur sein Groß-, sondern glattweg sein Urgroßvater sein zu können, benahm er sich meistens nicht annähernd so steif und gezwungen wie die anderen Erwachsenen.

Trotzdem gab sich Priwinn in diesem Moment alle Mühe, möglichst grimmig dreinzuschauen. »Das ist er nicht«, behauptete er nachdrücklich und schüttelte den Kopf. »Max ist ein ganz normaler Name. Oder Stefan oder Michael. Niemand heißt Priwinn.«

»Du schon«, antwortete Großvater Temmy kauend.

»Ja«, brummelte Priwinn. »Und alle meine Klassenkameraden lachen sich halb tot darüber.«

»Sie sind dumm«, sagte Großvater Temmy. »Priwinn ist ein sehr berühmter Name, musst du wissen. Es ist der Name des Prinzen von Caivallon, des Herrn der stolzen Steppenreiter.«

Priwinn wurde hellhörig. Großvater Temmys Geschichten waren fast so berühmt wie seine geheimen Wege durch die Natur, aber meistens viel spannender.

»Steppenreiter? Was für Steppenreiter?«

Großvater Temmy beugte sich ächzend vor und spießte mit seinem Stöckchen nach einer weiteren Kartoffel. Die erste hatte er bereits vollkommen verputzt. Seine alten Gelenke knackten dabei wie trockene Äste.

»Das ist eine lange Geschichte«, seufzte er.

»Wir haben Zeit«, sagte Priwinn rasch.

Großvater Temmys faltiges Gesicht verzog sich zu einem gutmütigen Lächeln. Dann aber tat er etwas Seltsames: Bevor er weitersprach, sah er in den Himmel hinauf und blickte den Mond an, wie um sich von dort die Erlaubnis zu holen.

Es war Vollmond.

»Also gut«, sagte Großvater Temmy schließlich. »Aber es ist wirklich eine lange Geschichte. Und ein bisschen gruselig dazu. Bist du sicher, dass du sie hören willst?«

Was für eine Frage! Priwinn nickte aufgeregt und kuschelte sich am Feuer zusammen.

»Es ist die Legende des Landes Märchenmond und seiner Bewohner«, begann Großvater Temmy, »und der schwarzen Festung Morgon, die hinter dem Schattengebirge liegt, und ihres finsteren Herrschers Boraas.«

Priwinn hatte keines dieser Worte je gehört, aber sie klangen gut. Es würde eine spannende Geschichte werden, da war er sicher.

»Es gab einmal einen Jungen, der war nicht viel älter als du. Ein ganz normaler Junge. Er träumte oft von großen Abenteuern und spannenden Geschichten. Manchmal sogar am hellen Tag und mit offenen Augen.«

Das kannte Priwinn. Ihm ging es manchmal ganz genauso. Die spannendsten Abenteuer erlebte man immer im Kopf.

»Sein Name war Kim«, fuhr Großvater Temmy fort, »und er hatte eine Schwester, die Rebekka hieß.«

Priwinn sah ihn aus großen Augen an. Das waren die Namen seines Vaters und seiner Tante! Aber dann begriff er, dass Großvater Temmy diese Namen wohl ganz bewusst gewählt hatte, um die Geschichte spannender zu machen.

»Eines Tages musste Rebekka ins Krankenhaus – sie war damals in deinem Alter –, um sich den Blinddarm herausoperieren zu lassen. Es

war eigentlich nur eine Routineoperation, aber weißt du, jede Operation ist gefährlich, auch wenn sie noch so harmlos erscheint.«

Priwinns Herz begann ein wenig schneller zu schlagen. Er wusste, dass Tante Rebekka tatsächlich eine schwere Operation gehabt hatte, als sie in seinem Alter gewesen war. Großvater Temmy ließ sich wirklich etwas einfallen!

»Und so begab es sich also«, fuhr Großvater Temmy fort – das machte er manchmal: wenn er seine Geschichten erzählte, dann wechselte er zu einer altmodischen, getragenen Sprache, die aber dazu passte, wie Priwinn fand –, »dass Kims Schwester nicht aus der Narkose erwachte. Alle Ärzte waren ratlos und seine Eltern waren

entsetzt und sehr, sehr traurig. Kim natürlich auch, das kannst du dir vorstellen.«

Und ob Priwinn das konnte! Er hatte selbst eine, allerdings viel ältere, Schwester. Er wusste nicht, was er tun würde, wenn ihr etwas zustoßen würde.

»Kim brauchte lange in dieser Nacht um einzuschlafen«, sagte Großvater Temmy, »und auch das kannst du dir vorstellen. Kaum aber war er endlich eingeschlafen, da wachte er auch schon wieder auf, denn er war nicht mehr allein. Neben seinem Bett saß ein uralter Mann mit einem schlohweißen Bart und langem weißen Haar, der sich als Themistokles vorstellte, der Zauberer von Märchenmond.«

Nun wusste Priwinn wirklich nicht mehr, ob ihm ein bisschen unheimlich werden sollte – oder ob Großvater Temmy ihn etwa auf den Arm nahm. Er beschrieb nämlich niemand anderen als sich selbst. Priwinn hatte schon mehr als einmal gedacht, dass er, Großvater Temmy, mit einem spitzen Hut und in einem langen Gewand einen ganz passablen Zauberer abgeben würde.

»Themistokles erzählte, dass Rebekkas Seele in der schwarzen

Feste Morgon gefangen gehalten werde und sie deshalb nicht mehr aufwachen könne«, fuhr Großvater Temmy fort. »Und dass nur Kim allein die Macht hätte, seine Schwester zu befreien. Aber es sei gefährlich, denn dazu müsse er ins Herz der schwarzen Festung eindringen und ihrem finsteren Herrn selbst gegenübertreten. Was meinst du – ob er das wohl getan hat?«

»Klar!«, antwortete Priwinn, ohne auch nur eine Sekunde zu zögern. Er hätte es sofort getan. Wer fürchtete sich schon vor einem albernen Zauberer, der noch dazu nur im Traum existierte!

Großvater Temmy lächelte. Er wirkte sehr zufrieden. Und er sah wieder zum Vollmond hoch, bevor er weitersprach. »Kim reagierte natürlich genauso. Er folgte Themistokles ins Reich seiner Träume, in das Land Märchenmond.«

Priwinn sah nun ebenfalls zum Himmel hinauf und ein ganz kleines bisschen wurde ihm nun doch unheimlich. Der Mond schien ... heller geworden zu sein. Sein Licht war irgendwie strahlender, wie geschmolzenes Silber, das vom Himmel floss.

Großvater Temmy fuhr fort: »Es zeigte sich aber, dass Themistokles seinen finsteren Widersacher unterschätzt hatte. Kaum nämlich waren sie in Märchenmond angelangt, da wurden sie getrennt und statt in der gläsernen Burg Themistokles' fand Kim sich im Herzen der Feste Morgon wieder, wo er dem Zauberer Boraas gegenüberstand und Baron Kart, dessen erstem Ritter und Heerführer. Im allerersten Moment glaubte Kim sogar, er stünde Themistokles gegenüber, denn Boraas sah ihm zum Verwechseln ähnlich. Sie waren Brüder. Zwillingsbrüder, um genau zu sein. Nur dass der eine das Gute im Menschen und seine helle Seite war, während der andere für alles Schlechte und Gemeine stand.«

Aha, dachte Priwinn. Nun waren sie endgültig in der Abteilung Märchen für Kinder angekommen. Dass es im richtigen Leben niemals so einfach mit Gut und Böse war, das hatte er selbst mit seinen fast neun Jahren schon gemerkt. Trotzdem hörte er weiter gebannt zu, denn Großvater Temmys Geschichte klang ganz so, als würde sie noch viel spannender werden.

»Sofort wollte Kim Boraas zum Kampf herausfordern, doch gegen dessen schwarzen Ritter hatte er keine Chance. Baron Kart besiegte ihn ohne Mühe und Kim wurde in den Kerker geworfen, wo er viele Tage bei Wasser und Brot ausharren musste, nur in der Gesellschaft von Ratten und fetten, ekeligen Spinnen. Schließlich, als Kim am Ende seiner Kräfte war, kam Boraas zu ihm und führte ihn zu Rebekka. Sie lag in einem gläsernen Sarg und war in einem magischen Schlaf gefangen, in den Boraas sie versetzt hatte.«

»Wie Schneewittchen?«, fragte Priwinn.

Großvater Temmy nickte. »Jaja ... Es war das Land der Träume und natürlich traf Kim eine Menge Wesen, die er aus Märchen und Sagen kannte. Was glaubst du wohl, warum es Märchenmond hieß?«

»Dann gab es dort auch Drachen und Monster?«, fragte Priwinn.

»Später.« Großvater Temmy nickte und kehrte zu seiner Geschichte zurück. »Boraas machte Kim folgendes Angebot: Wenn er in seine Dienste treten und das Heer anführen würde, das bereit stand, ganz Märchenmond zu erobern, so würde er Rebekka freigeben und ihn, Kim, mit großer Macht und unermesslichem Reichtum belohnen.«

»Aber das hat er doch nicht etwa angenommen?«, fragte Priwinn erschrocken.

»Natürlich nicht«, beruhigte ihn Großvater Temmy. »Obwohl er für einige Momente durchaus versucht war, auf Boraas' Vorschlag einzugehen. Es ging um das Leben seiner Schwester, vergiss das nicht – und letzten Endes auch um sein eigenes. Dann aber entschied er sich doch, das Richtige zu tun: In einem günstigen Moment entwischte er seinen Wachen und floh.«

»Er ist aus der Burg entkommen?«, fragte Priwinn.

»Warte«, sagte Großvater Temmy. »Auf der Suche nach einem Ausgang kam er in den Thronsaal des finsteren Zauberers, wo ein gewaltiger schwarzer Spiegel stand. Als Kim hineinsah, da wurde ihm ganz schwach und für einen Moment hatte er das Gefühl, seinem eigenen, finsteren Ebenbild ins Gesicht zu blicken; etwas, was alles Böse und Niederträchtige darstellte, das in ihm war.«

»So wie bei Boraas-Themistokles«, sagte Priwinn und schluckte ein Marshmallow hinunter.

»Du hast gut zugehört«, bestätigte Großvater Temmy. »Kim setzte seine Flucht danach fort, und obwohl es zuvor noch keinem Menschen gelungen war, aus der schwarzen Feste Morgon zu entfliehen, gelangte er am Ende in die Freiheit. Zwar schwer verletzt und am Ende seiner Kräfte, doch er war entkommen.«

»Und seine Schwester hat er einfach zurückgelassen?« Priwinn war empört. »Das ist feige!«

»Gemach, Priwinn, gemach.« Großvater Temmy hob die Hand, dann zielte er mit seinem Stöckchen nach einer weiteren Kartoffel, um sie über die Flammen zu halten. Für einen Mann seiner Statur konnte er eine ganze Menge hinunterkriegen. »Manchmal ist es kein Zeichen

von Klugheit, sich einem übermächtigen Gegner zu stellen und sich eine blutige Nase zu holen. Kim war auf jeden Fall frei, wenn auch in keiner guten Verfassung. Einen Tag und eine Nacht lang irrte er durch finstere Wälder und Sümpfe, immer dicht verfolgt von Boraas' schwarzen Rittern.«

Priwinn sah sich schaudernd um. Der Vollmond schien noch immer so hell und strahlend vom Himmel wie zuvor, aber das Feuer war ein wenig heruntergebrannt und die Schatten ringsum schienen dunkler geworden zu sein. Und bewegten sich darin nicht schwarze, formlose Umrisse?

Großvater Temmy hatte wirklich eine realistische Art zu erzählen …

»Kims Mut sank«, fuhr Großvater Temmy fort. »Er war allein, verletzt, hatte Schmerzen und großen Hunger und die Verfolger kamen immer näher. Doch gerade als er beinahe bereit war, sich den schwarzen Reitern zu stellen, bekam er Hilfe.«

»Themistokles!«, vermutete Priwinn, aber Großvater Temmy schüttelte den Kopf.

»Es war ein Junge wie er. Na ja … *fast* wie er. Er trug ein Gewand aus Schilf, hatte Seetang anstelle von Haaren und Schwimmhäute zwischen den Fingern und am Hals etwas, was Kim für Kiemen hielt, wie bei einem Fisch. Sein Name war Adomat, aber er selbst nannte sich nur Ado, weil er seinen eigenen Namen nicht leiden konnte.«

Bei diesen Worten lächelte Großvater Temmy, Priwinn jedoch seufzte nur tief. Er konnte den Jungen gut verstehen! Adomat ließ sich ja wenigstens noch abkürzen, aber was sollte man schon aus Priwinn machen? *Pri* vielleicht oder gar *Winnie*?

»Ado nahm Kim mit zu sich nach Hause, in die Wohnung des Tümpelkönigs. Eigentlich war es keine richtige Wohnung, weißt du, sondern nur eine große Höhle unter der Erde.«

»Tümpelkönig?« Priwinn grinste. »Na, *das* ist ja erst ein komischer Name.«

»Ados Vater war auch ein komischer Bursche«, bestätigte Großvater Temmy. »Er war alt und seine Krone saß schief auf seinem Kopf. Er erzählte, dass er einst ein mächtiger Seekönig gewesen sei – so lange, bis Boraas und seine schwarzen Reiter kamen und seine freundlichen Wälder in finstere Sümpfe verwandelten und seine kristallklaren Seen in schlammige Tümpel, in denen nur noch ekeliges

Gewürm lebte. Am Anfang glaubte Kim ihm kein Wort und er lachte sogar über ihn. Nach und nach aber wurde ihm klar, dass der Tümpelkönig die Wahrheit sprach und dass er sich nur selbst zum Narren machte, um so die Freiheit eines solchen zu genießen und nicht in Boraas' Kerker zu verschwinden wie all die anderen, die es gewagt hatten, dem finsteren Zauberer zu trotzen.«

Er schwieg einen Moment, um seine Worte wirken zu lassen. Priwinn war nicht ganz sicher, ob er sie wirklich verstanden hatte. Aber irgendwie stimmten sie ihn traurig.

»Der Tümpelkönig war im ersten Moment übrigens gar nicht begeistert von dem Gast, den sein Sohn mitgebracht hatte«, fuhr Großvater Temmy nach einer Weile fort. »Er war ein alter Mann, der sein Volk und sein Reich hatte untergehen sehen und der nun fürchtete, dass die schwarzen Reiter auf der Suche nach Kim auch hierher kommen könnten in diesen hintersten, dunklen Winkel der Wälder, in den er sich verkrochen hatte.«

Priwinn rutschte unwillkürlich ein wenig dichter an das Feuer heran. Es war spürbar kühler geworden und er glaubte sogar einen schwachen muffigen Geruch in der Luft zu spüren; wie von sumpfigem Wasser. Manchmal, dachte er, kann Großvater Temmys Art zu erzählen richtig unheimlich sein.

»Trotzdem erklärte sich der Tümpelkönig bereit, Kim zu helfen. Ein wenig von seiner alten Macht war ihm geblieben und er nutzte sie, um Kims Wunden zu heilen und ihm neue Kraft zu geben. Am nächsten Tag jedoch musste er sein Reich verlassen, denn Baron Kart und die schwarzen Ritter waren schon ganz nahe.«

»Aber was war denn mit Themistokles und den anderen Bewohnern von Märchenmond?«, fragte Priwinn. »Sie müssen Kim doch gesucht haben! Ich meine, sie haben ihn zu sich geholt, damit er ihnen hilft! Und dann haben sie ihn einfach im Stich gelassen?«

Als er diese Worte hörte, huschte ein Schatten über Großvater Temmys Gesicht. Er sieht richtig betroffen drein, fand Priwinn.

»Das haben sie auch nicht«, sagte er leise. »Aber sie glaubten, Kim wäre in den Kerkern der Feste Morgon gefangen, aus denen noch nie zuvor ein Mensch entkommen war und auch kein anderes Wesen. Trotzdem hätten sie ihre Kräfte gesammelt und Morgon angegriffen, um Kim und seine Schwester zu befreien. Aber Morgon lag jenseits des Schattengebirges, das kein Bewohner Märchenmonds überschreiten konnte, ohne selbst Schaden zu nehmen.«

Priwinn erschauerte erneut. Großvater Temmys Worte hatten eine fast unheimliche Atmosphäre heraufbeschworen. Die Schatten schienen ein Stück näher an das Lagerfeuer herangekrochen zu sein und es gehörte nun wirklich nicht mehr viel Fantasie dazu, sich vorzustellen, dass in ihrem Schutz große, gepanzerte Gestalten in schwarzem Eisen herbeigeschlichen kamen.

»Nach drei Tagen der Wanderung erreichte Kim den Rand des Schattengebirges«, erzählte Großvater Temmy. »Du kannst dir nicht vorstellen, wie sehr er erschrak – als er die Berge zum ersten Mal mit eigenen Augen sah! Sie waren schwarz, wirklich wie Schatten, und so hoch, dass ihre Gipfel in den Wolken verschwanden. Es war nicht einmal daran zu denken, sie zu überqueren.«

Das konnte Priwinn nur zu gut verstehen. Sie wanderten jetzt seit

drei Tagen durch das Gebirge, ohne seinen Gipfeln auch nur nahe gekommen zu sein. Und sie waren nicht annähernd so hoch wie die Wolken!

Jedenfalls waren sie das am Abend noch nicht gewesen.

Als Priwinn jetzt jedoch den Blick zu den schneebedeckten Gipfeln hob, da konnte er sie nicht mehr erkennen. Die Berge waren in der Nacht so schwarz geworden, dass sie selbst das Licht des Mondes zu verschlucken schienen. Wie eine Wand, die bis in den Himmel hinauf und vielleicht noch höher reichte, ragten sie über ihnen empor.

Priwinn schauderte und er sah schnell wieder Großvater Temmy an.

»Der größte Schrecken aber stand Kim noch bevor«, fuhr dieser fort, »nämlich als er das gewaltige Heer sah, das am Fuße dieser Ber-

ge lagerte. Es waren Boraas' schwarze Reiter, die sich zum Sturm auf Märchenmond gesammelt hatten, und es waren viele, viele tausend.«

»Also gab es doch einen Weg über das Gebirge.«

»Darunter hindurch«, antwortete Großvater Temmy. »Es war ein Weg durch die Schatten, den Boraas' schwarze Magie erschaffen hatte. Kim überlegte lange, wie er an dem Heer der schwarzen Reiter vorübergelangen sollte, und schließlich hatte er eine Idee: Er stahl Rüstung und Pferd eines schwarzen Reiters und mischte sich unter sie.«

»Und das soll niemand gemerkt haben?«, fragte Priwinn zweifelnd.

»Sie konnten es nicht«, versicherte Großvater Temmy. »Die schwarzen Reiter waren nicht wie Menschen, verstehst du? Sie waren nur … wie leere Hüllen. Fast wie Maschinen, die nur zu einem einzigen Zweck erschaffen worden waren: zum Kämpfen und Zerstören. Kim litt große Angst, entdeckt zu werden, während er sich in ihrem Lager aufhielt. Und dann sah er den Anführer der schwarzen Reiter.«

»Baron Kart«, vermutete Priwinn. Er musste sich nun wirklich beherrschen, um sich nicht angstvoll umzusehen. Der Wind raschelte in den Ästen ringsum, aber für ihn war es, als höre er das Schnauben von Pferden, das Stampfen zahlloser Hufe auf dem Boden und das Klirren von Metall und das Knarren von Leder.

»Das dachte Kim auch, aber es war nicht so«, sagte Großvater Temmy kopfschüttelnd. »Das Heer hatte einen neuen Kommandanten bekommen, den Schwarzen Lord. Errätst du, wer er war?«

»Nein«, antwortete Priwinn. Wie sollte er auch?

»Egal«, sagte Großvater Temmy mit einer wegwerfenden Geste, die er zugleich nutzte, um eine weitere Kartoffel vom Feuer zu nehmen, die er mampfte, während er weitersprach. »Der Schwarze Lord war auf jeden Fall der schlimmste der finsteren Ritter, auf die Kim bisher gestoßen war. Er strahlte eine Bosheit und Kälte aus, die alles rings um ihn zum Erstarren zu bringen schien. Er führte das Heer an, das Märchenmond erobern sollte.«

»Und Kim ist mit ihnen geritten?«

»Bis auf die andere Seite der Berge, ja. Dort trennte er sich von ihnen und versuchte auf eigene Faust Themistokles und die gläserne Stadt zu finden. Aber er beging einen Fehler: Er behielt das Pferd, das er gestohlen hatte, und auch die schwarze Rüstung und das Schwert.«

»Wieso Fehler?«, fragte Priwinn. Er hätte dasselbe getan. »Sollte er etwa zu Fuß gehen und wehrlos sein?«

»Um ein Haar hätte es ihn das Leben gekostet«, sagte Großvater Temmy ernst. »Die Bewohner Märchenmonds nämlich waren im Grunde ein sehr friedliebendes Volk, aber die schwarzen Reiter hatten bereits begonnen ihre Städte und Bauernhöfe zu verwüsten. Irgendwann beginnt selbst der Friedlichste sich zu wehren. Und Kim traf auf zwei dieser Bewohner, die ziemlich gut dazu in der Lage waren – den Riesen Gorg und einen sprechenden Bären. Beide hielten ihn wegen seiner Rüstung für einen schwarzen Reiter, und wenn sie nicht in Streit darüber geraten wären, wer von ihnen Kim den Garaus machen durfte, dann wäre es wohl um ihn geschehen gewesen.«

»Ein ... sprechender Bär?«, vergewisserte sich Priwinn. Das kam ihm nun doch ein wenig unglaubhaft vor, aber Großvater Temmy nickte.

»Fast alle Tiere Märchenmonds können reden«, sagte er. »Und übrigens: auch fast alle Tiere eurer Welt. Nur sind die wenigsten Menschen dazu in der Lage, sie zu verstehen. Aber zurück zu Kims Geschichte und dem Märchen von Märchenmond. Es ist noch lange nicht zu Ende und es ist schon spät.«

Priwinn sah zum Himmel auf. Der (Märchen-?)Mond hatte sich ein gutes Stück weiter bewegt. Seltsam – er hatte gar nicht bemerkt, wie schnell die Zeit vergangen war, wie so oft, wenn man einer wirklich spannenden Geschichte lauschte.

»Nur mit größter Mühe jedenfalls gelang es Kim, Gorg, den Riesen, und den sprechenden Bären Kelhim davon zu überzeugen, dass er nicht zu den schwarzen Reitern gehörte. Die beiden blieben misstrauisch, verzichteten aber wenigstens für den Moment darauf, ihm den Hals umzudrehen, und sie zogen zu dritt weiter. Kim sah eine Menge Wunder und eine Menge fantastischer Dinge, die es im Lande Märchenmond zuhauf gab. Aber er sah auch viel Schlimmes, denn die schwarzen Reiter strömten in immer größerer Zahl über die Berge und der Krieg hielt Einzug in das Land der Legenden und des Friedens. Am zweiten Tag ihrer Wanderung gerieten sie in einen Hinterhalt, den die schwarzen Reiter einer Gruppe weißer Ritter aus Märchenmond gelegt hatten. Es schien kein Zweifel am Ausgang des Kampfes zu geben, denn die schwarzen Reiter waren in großer Überzahl. Da entdeckte Kim inmitten des Getümmels den Zauberer Themistokles. Kim gab seinem Pferd die Sporen und galoppierte auf das Schlachtfeld zu. Gorg und Kelhim folgten ihm. Sie drangen unerbittlich auf die schwarzen Reiter ein und schließlich wendete sich das Blatt. Am Ende flohen die schwarzen Reiter und die Schlacht war gewonnen.«

Er brach – erschöpft, wie es Priwinn vorkam – ab. Am Ende war seine Stimme immer lauter und erregter geworden, als berichtete er nicht von einem uralten Märchen, sondern von etwas, das er selbst erlebt hatte und das ihn noch immer aufwühlte, auch wenn es schon sehr lange her war. Eine ganze Weile verging, bis er sich wieder so weit beruhigt hatte, dass er weiterreden konnte.

»Themistokles trat auf Kim und seine Gefährten zu, verwundert, dass sich ein schwarzer Reiter gegen seine Kameraden wendete. Kim nahm den Helm ab und Themistokles staunte noch mehr, als er Kim erkannte. Es gab ein großes Hallo und eine noch größere Erleichterung auf beiden Seiten, und nachdem sich alle ausreichend begrüßt hatten, sagte Themistokles, dass er nach der langen Zeit jede Hoffnung auf Kims Wiederkehr aufgegeben hatte. Für Kim waren nur zwei Wochen vergangen, doch in den Kerkern der schwarzen Feste Morgon, so erklärte ihm Themistokles, gehorchte die Zeit anderen Gesetzen, und so war er nicht zwei Wochen, sondern fast zwei Jahre dort unten gewesen, auch wenn es ihm nicht so vorgekommen war. Themistokles und seine Ritter hatten den Teil von Märchenmond, den sie betreten konnten, nach ihm abgesucht, am Ende aber aufgegeben, weil sie glaubten, er wäre Boraas' schwarzer Magie zum Opfer gefallen.«

Ein Donnerschlag rollte über den Himmel, noch weit entfernt, aber hörbar. Der Wind hatte merklich aufgefrischt und Priwinn rutschte noch ein Stück näher ans Feuer heran. Dann sah er wieder nach oben, aber Großvater Temmy schüttelte beruhigend den Kopf und sagte: »Sorg dich nicht, es wird keinen Regen geben.«

Priwinn glaubte ihm. Das war auch so etwas mit Großvater Temmy, was er nie so *richtig* verstanden hatte: Er wusste immer, wie das Wetter wurde. Und er irrte sich *nie*.

»Nachdem die erste Wiedersehensfreude vorbei war«, fuhr Großvater Temmy fort, »musste sich Kim allerdings auch eine Menge gar nicht guter Neuigkeiten anhören. Boraas' schwarze Reiter, angeführt vom Schwarzen Lord, rückten überall im Lande vor. Die Menschen wehrten sich tapfer, aber wo immer sie auf die Heerscharen des Bösen trafen, unterlagen sie am Ende, denn die Zahl der schwarzen Reiter schien unerschöpflich. Schon begannen sich Boraas' Kämpfer zu einer einzigen, gewaltigen Armee zu vereinigen, die auf die gläserne Festung im Herzen Märchenmonds zog. Alles, was noch zwischen ihr und Boraas' Heer lag, war Caivallon, die Festung der stolzen Steppenreiter.«

Priwinn wurde hellhörig. Jetzt schien endlich der Moment zu kommen, auf den er die ganze Zeit über gewartet hatte.

Vielleicht würde er nun erfahren, woher er seinen sonderbaren Namen hatte.

»Themistokles, Kim, Gorg, Kelhim und alle ihre Verbündeten begaben sich dorthin, nach Caivallon, wo sich die tapferen Recken Märchenmonds versammelt hatten, um einen Verteidigungsplan zu ersinnen. Dort lernte er auch Priwinn kennen – den anderen Priwinn, wenn du verstehst –, den stolzen Prinzen von Caivallon und Sohn des Königs. Kim und er verstanden sich auf Anhieb, denn beide waren sich sehr ähnlich, auch wenn es auf den ersten Blick gar nicht den Anschein zu haben schien. Vor allem Priwinn – der trotz seiner Jugend bereits ein Held war und von dessen Ruhmestaten man in ganz Märchenmond erzählte – drängte darauf, Boraas' Heer mit Waffengewalt entgegenzutreten, während die älteren Ritter und Könige des Rats der Weisen etwas besonnener argumentierten und meinten, es müsse sich auch eine friedlichere Lösung finden. Priwinn und einige, die seiner Meinung waren, beharrten jedoch darauf, lieber im Kampf zu sterben als in Sklaverei zu leben.«

Priwinn konnte das sehr gut verstehen. Wie jeder Junge seines Alters träumte auch er manchmal davon (um ehrlich zu sein, oft), gewaltige Heldentaten zu begehen, Drachen wachzuküssen und Jungfrauen zu erschlagen (äh, sollte das nicht besser umgekehrt sein?) und hoch zu Ross in einen heroischen Kampf zu ziehen. Natürlich nur in seiner Fantasie, nie in Wirklichkeit. Was die wirklichen Kämpfe anging, so hatte ihm die letzte Prügelei auf dem Schulhof vollends gereicht. Er hatte den Kürzeren dabei gezogen. Aber zumindest ein Teil von ihm konnte Priwinns Entscheidung durchaus nachvollziehen.

»Darüber kam es zum Streit«, fuhr Großvater Temmy fort. »Themistokles riet den Bewohner Caivallons die Festung zu verlassen und nach Gorywynn zu ziehen. In der gläsernen Burg wäre genug Platz für alle. Doch der Rat der Weisen entschied hier zu bleiben und ihre Heimatstadt zu verteidigen, auch wenn der Feind noch so übermächtig schien. Kim stimmte diese Entscheidung traurig. Gerne wäre er in Caivallon geblieben, zumal er dort einen neuen Freund gefunden hatte. Doch es ging um mehr als das Schicksal eines Einzelnen und so fügte er sich und folgte Themistokles und den anderen, als sie zu der gläsernen Stadt aufbrachen.«

Großvater Temmy machte eine kleine Pause; vielleicht, um seine Worte wirken zu lassen, vielleicht auch, weil ihn das Reden erschöpft hatte. Er war nämlich wirklich sehr alt. Priwinn wusste so wenig wie irgendwer, wie alt, aber manchmal glaubte er, dass er weit über hundert Jahre alt sein müsste. Und wie er so dasaß und mit leuchtenden Augen von vergangenen Heldentaten und gewaltigen Schlachten erzählte, da kam er Priwinn selbst vor wie ein alter Zauberer aus einem Märchen, fast wie der Meistermagier Themistokles selbst. Und sein Name klang ja ein bisschen so …

Aber natürlich war dieser Gedanke vollkommener Unsinn. Großvater Temmys Geschichten waren eine Sache, aber die Wirklichkeit eine ganz andere.

»Die gläserne Stadt«, fuhr Großvater Temmy nach einer Weile fort, »offenbarte sich Kim als ein weiterer Ort voller Wunder und unbegreiflicher Dinge. Der Schatten des Krieges hatte sich bereits über ihre Mauern gelegt und doch waren ihre Bewohner fröhlich und lachten viel und Kim erblickte dort Dinge, von denen nicht erzählt werden kann, sondern die man gesehen haben muss, um sie zu begreifen. Und dort«, fügte er mit einem Lächeln und einem angedeuteten Nicken seines weißhaarigen Hauptes hinzu, »traf er auch jenes Geschöpf, nach dem du vorhin gefragt hast. Einen Drachen.«

»Einen richtigen Drachen?«, fragte Priwinn gespannt. Es kam ihm gar nicht in den Sinn, dass sie von einem Wesen sprachen, das es tatsächlich gar nicht gab. Großvater Temmys Art zu erzählen machte aus bloßen Worten Wirklichkeit.

»Rangarig, den Golddrachen«, bestätigte Großvater Temmy. »Den letzten seiner Art. Selbst im Lande Märchenmond findet man Drachen nicht an jeder Ecke. Rangarig war ein gewaltiges Geschöpf, größer als ein Haus, und sein Körper war mit prachtvollen, goldenen Schuppen bedeckt. Allein sein Anblick hätte Kim wohl zu Tode erschreckt, hätte der Drache nicht zugleich auch freundliche Augen und ein gutmütiges Lachen gehabt – auch wenn es manchmal ein bisschen laut war, um ehrlich zu sein. Kim hörte Themistokles einmal sagen, dass Rangarig wahrscheinlich das einzige Wesen auf der Welt sei, das seine Feinde im wahrsten Sinne des Wortes totlachen könnte.«

Er lachte ebenfalls und wie zur Antwort rollte ein weiterer, entfernter Donnerschlag über die Berge. In Priwinns Ohren klang es fast wie das Grollen eines großen, mächtigen Tieres.

»Kim und Rangarig schlossen rasch Freundschaft«, fuhr Großvater Temmy fort. »Trotz seiner Größe und Kraft war Rangarig ein sehr gutartiges Wesen, wie alle Drachen. Ihr Menschen, weißt du, glaubt oft, dass Drachen besonders wild und gefährlich sind, wahrscheinlich wegen ihrer Größe und Kraft. Aber das stimmt nicht. Sie sind besonders freundliche Geschöpfe, gerade *weil* sie so riesig und unvorstellbar stark sind. Verstehst du das?«

Das verstand Priwinn sehr wohl. Was er nicht verstand, das war der Versprecher, der Großvater Temmy nun zum zweiten Mal unterlaufen war. Wieso sagte er: *ihr* Menschen, und wieso hatte er vorhin von *eurer* Welt gesprochen, statt *wir* Menschen und *unsere* Welt zu sagen?

»Rangarig und Kim freundeten sich jedenfalls rasch an. Oft nahm der Drache Kim auf den Rücken und trug ihn auf seinen gewaltigen Flügeln hoch über das Land. Es waren wunderschöne Tage, doch sie endeten viel zu schnell.«

Großvater Temmy beugte sich vor und begann mit seinem Stöckchen im Feuer zu stochern. Eine ganze Wolke winziger Funken stob aus der Glut und tanzte für einen Moment in der Luft, ehe sie einer nach dem anderen erloschen.

»Bald drangen schlimme Nachrichten in die gläserne Stadt. Die schwarzen Ritter waren überall im Lande auf dem Vormarsch. Nichts und niemand vermochte sie aufzuhalten und von überall her strömten Flüchtlinge herbei, um hinter den gläsernen Mauern der Burg Schutz zu suchen. Dann, eines Tages, kam die schlimmste aller denkbaren Nachrichten: Caivallon war gefallen, die Kämpfer, die Boraas' Schergen entkommen waren, flohen mit ihren Familien ebenfalls in Themistokles' Burg.«

»Und Priwinn?«, fragte Priwinn erschrocken. »Ich meine ... der Prinz ... was ist mit ihm geschehen?«

Großvater Temmy machte eine beruhigende Geste. »Er und die Seinen gehörten zu den Überlebenden«, sagte er. »Trotzdem war die Lage schlimm. Der Platz in der gläsernen Burg wurde allmählich eng, weil immer mehr und mehr Flüchtlinge ankamen. Das Heer der schwarzen Reiter näherte sich unaufhaltsam. Kim war der Verzweiflung nahe – umso mehr, weil Priwinn – der *andere* Priwinn, versteh mich nicht falsch – ihm schwere Vorwürfe machte.«

»Aber warum denn?«, wunderte sich Priwinn.

»Der junge Prinz und nicht wenige seiner Krieger fühlten sich von Themistokles und auch von Kim im Stich gelassen«, erklärte Großvater Temmy. »Die gläserne Stadt verfügte nämlich über ein mächtiges Heer, das Themistokles aber bisher zurückgehalten hatte, um seine Stadt gegen den letzten Ansturm der schwarzen Reiter zu verteidigen. Priwinn behauptete, dies wäre aus reiner Feigheit geschehen, und dieser Vorwurf traf Kim hart.«

»Aber es war doch nicht wahr!«, protestierte Priwinn.

»Natürlich nicht«, antwortete Großvater Temmy. »Aber auch Worte, von denen man weiß, dass sie nicht wahr sind, vermögen zu verletzen. Vor allem, wenn sie eine Spur Wahrheit enthalten.«

»Kim«, fuhr Großvater Temmy fort, »hatte das schwarze Heer ja mit eigenen Augen gesehen und natürlich hatte er Angst. Aus dieser Angst erwachten Zweifel und diese Zweifel nagten stark an Kim. In seiner Verzweiflung wandte er sich an das Orakel der gläsernen Stadt, von dem man sagte, dass es auf alle Fragen eine Antwort wüsste.«

»Wusste es sie?«, fragte Priwinn.

Großvater Temmy nickte, aber zugleich trat ein sonderbarer Ausdruck auf seine Züge, den Priwinn nicht richtig deuten konnte.

»O ja. Doch diese Antwort erschreckte ihn und er verstand sie auch nicht ganz. Das Orakel sagte, dass nur der, der zum Regenbogenkönig ginge und den Mut hätte, sich selbst gegenüberzutreten, am Ende den Sieg erringen könne.«

»Sich *selbst* gegenüberzutreten?«, wiederholte Priwinn verwirrt. »Aber was soll denn das heißen?«

Großvater Temmy lachte leise. »Das verstand Kim damals genauso wenig wie du. Seine Frage nach dem König des Regenbogens jedoch konnte Rangarig ihm beantworten. Der Regenbogenkönig, so erzählte der Drache, sei der mächtigste und älteste aller Zauberer, der hinter dem Abgrund jenseits der Welt lebte und sich schon seit langem nicht mehr um die Geschicke der Menschen kümmerte, weil er mit Wichtigerem und Größerem beschäftigt war.«

»Kim ist wohl trotzdem zu ihm gegangen«, vermutete Priwinn.

Großvater Temmy wiegte den Kopf. »Der Weg zu ihm war weit und voller unsäglicher Gefahren. Selbst die Stimme des Drachen begann vor Angst zu zittern, als er davon berichtete. Kim bat Rangarig ihn dorthin zu bringen. Doch der Drache lehnte dies ab – ebenso wie alle anderen, die Kim fragte: der Riese Gorg, der Bär Kelhim, selbst die tapfersten Ritter aus Themistokles' Heer. Und so beschloss er ... na, was meinst du wohl, was er beschloss?«

»Allein zu gehen!« Priwinn musste nicht lange überlegen, um die Frage zu beantworten. Ein bisschen vorwurfsvoll fügte er hinzu: »Schöne Freunde hatte er.«

»Wart ab!«, sagte Großvater Temmy. »Noch in derselben Nacht schlich sich Kim aus der Burg. Kaum aber hatte er das Tor überwunden, da sah er sich all seinen alten Weggefährten gegenüber: Kelhim, dem Bären, Gorg, dem Riesen, und sogar Rangarig, dem goldenen Drachen – und Priwinn. Auf dem Rücken des Drachen flogen sie nach Norden, dem Ende der Welt entgegen.«

»Und dem Regenbogenkönig.«

»Ja. Aber der Weg dorthin war weit. Selbst Rangarigs gewaltige Kräfte drohten zu erlahmen, ehe sie die Berge erreichten, hinten denen das Ende der Welt lag – wie die Legende behauptete.«

»Die Legende?« Die Vorstellung, dass die Menschen eines Märchenlandes sich *Legenden* erzählen sollten, amüsierte Priwinn. Großvater Temmy jedoch nickte mit großem Ernst.

»So ganz genau wusste das niemand«, sagte er. »Der Weg dorthin führte durch die Klamm der Seelen und über den Verschwundenen Fluss – noch niemand, der ihn je befahren hatte, war jemals zurückgekehrt, um von dem zu berichten, was dahinter lag. Und als wäre alles das noch nicht genug«, fügte er seufzend hinzu, »stellten sie zu allem Überfluss fest, dass die schwarzen Reiter von ihrem Vorhaben erfahren haben mussten, denn Baron Kart selbst und eine Abteilung

seiner stärksten Ritter verfolgten sie. In der Klamm der Seelen schließlich kam es zum Kampf.«

»In der Klamm der Seelen?«

»Der Ort, an dem die Furcht zu Hause ist«, antwortete Großvater Temmy. Seine Stimme wurde leiser und es lag plötzlich wirklich etwas Angst in ihr. Auch Priwinn verspürte ein eiskaltes Frösteln, als hätte allein die Erwähnung dieses Namens etwas heraufbeschworen, von dem man besser nicht redete.

»Sie wird dort geboren, verstehst du, bevor sie ihre schwarzen Schwingen hebt und in den Herzen der Menschen Einzug hält. Und dort war es auch, wo sich Kims Weggefährten und die schwarzen Reiter zum letzten Gefecht gegenübertraten.«

Wieder rollte ein Donnerschlag über die Berge heran, aber diesmal hörte es sich in Priwinns Ohren eindeutig an wie das zornige Brüllen eines Drachen. Natürlich hatte er noch nie einen Drachen brüllen hören, aber er war sicher: Wenn es Drachen gäbe, dann musste sich ihr Gebrüll ganz genauso anhören.

»Aber sie … haben doch gewonnen, oder?«, fragte er schüchtern.

»Ja und nein«, antwortete Großvater Temmy, während er betrübt den Kopf hin und her wiegte. »Die Übermacht war gewaltig und die Angst, die in der Klamm der Seelen wohnt, lähmte die Kräfte der Verteidiger. Rangarig, der Golddrache, opferte sein Leben im Kampf mit seinem Erzrivalen, dem schrecklichen Tatzelwurm, um es Kim und seinen Gefährten zu ermöglichen, weiterzuziehen und das Ende der Klamm zu erreichen, wo der Verschwundene Fluss unter der Erde weiterfloss.«

»Er hat sich für ihn geopfert«, murmelte Priwinn erschüttert. Die Geschichte begann traurig zu werden, fand er. Er war nicht mehr ganz sicher, ob sie ihm noch gefiel.

Großvater Temmy nickte. »Für ihn, seine Freunde in der gläsernen Stadt und alle Wesen Märchenmonds«, bestätigte er seufzend. »Er hat das höchste Opfer gebracht, zu dem ein lebendes Wesen fähig ist. Für Kim und seine Freunde aber war die Reise noch nicht vorbei. Der Verschwundene Fluss nämlich war ein reißender Strom, der durch eine unterirdische Höhle voller gefährlicher Felsen führte, und Baron Kart und eine Hand voll seiner schwarzen Krieger waren ihnen noch immer dicht auf den Fersen. Sie hätten es nicht geschafft, wären nicht plötzlich Ado und sein Vater aufgetaucht – du erinnerst dich an den Jungen mit den Schwimmhäuten und Kiemen?«

Priwinn nickte und Großvater Temmy fuhr mit einem feinen Lächeln fort: »Nun, er hatte tatsächlich ein bisschen was von einem Fisch, denn er trug Kim sicher durch die reißenden Fluten, und sein Vater, der Tümpelkönig, entfesselte die Magie des Wassers, um die Verfolger aufzuhalten.«

Priwinn konnte sich beinahe denken, wie die Geschichte weiterging. »Aber auch er fand dabei den Tod«, vermutete er.

»Er und sein Sohn«, bestätigte Großvater Temmy traurig. »Das war die wirkliche Bosheit des Zauberers Boraas, verstehst du? Am schlimmsten triffst du einen Menschen dann, wenn du seine Freunde vernichtest, nicht ihn selbst.

Kim und seine Freunde entkamen mit knapper Not, und als die tobenden Wasser des Flusses sie endlich freigaben, da fanden sie

sich auf einer gewaltigen Einöde aus Eis und Schnee wieder. Ziellos wanderten sie weiter. Sie wussten nicht, was sie erwarten mochte, denn nie zuvor war ein Bewohner Märchenmonds so weit gekommen. Und in dem tobenden Schneesturm, der sie begleitete, weit hinter ihnen, sahen sie noch immer Baron Kart und einige seiner Krieger, die sie verfolgten. Stunde um Stunde wanderten sie durch tiefen Schnee und klirrende Kälte, bis ihre Kräfte erlahmten.«

Auch Großvater Temmys Kräfte schienen nachzulassen. Das Reden hatte ihn erschöpft, doch Priwinn spürte auch, dass sie sich langsam dem Ende der Geschichte näherten. Es war spät geworden. Und übrigens auch ziemlich kalt.

»Schließlich holten sie Kim und seine Freunde ein«, fuhr Großvater Temmy fort. »Kim packte sein Schwert fester, auch Priwinn bereitete sich auf den Zusammenstoß vor und Kelhim richtete sich auf den Hinterbeinen auf, beide Vordertatzen vorgestreckt. Doch gerade als Baron Kart zum tödlichen Hieb ausholen wollte, erschienen wie aus dem Nichts drei gewaltige Eisriesen. Sie nahmen Kim, seine Gefährten, die schwarzen Reiter und Baron Kart gefangen und brachten sie auf ihr Schloss, Burg Weltende, das ganz aus ewigem Eis erbaut war.«

»Haben sie Kim zum Regenbogenkönig gebracht?«, fragte Priwinn.

»So etwas hätten sie nie getan«, antwortete Großvater Temmy. »Die Eisriesen waren die Weltenwächter. Niemals hätten sie sich in die Geschichte sterblicher Wesen gemischt oder irgendwessen Partei ergriffen. Sie berieten lange, was zu tun sei, und am Ende beschlossen sie, nur Kim allein und Baron Kart weiterziehen zu lassen, damit sie die Sache unter sich ausmachen konnten.«

»Einen Jungen gegen diesen kampferprobten Ritter?«, wunderte sich Priwinn. »Das ist aber nicht besonders fair.«

»Oh, täusche dich nicht«, antwortete Großvater Temmy. »Märchenmond war das Land der Träume und dort war auch Kim ein Ritter, der mit dem Schwert umzugehen wusste. Am Rand des großen Abgrunds, der hinter der Welt beginnt, trafen sie zum entscheidenden Kampf zusammen. Es dauerte lange, vielleicht eine Stunde, vielleicht zwei. Keiner konnte den anderen bezwingen. Dann aber siegte Kim doch. Baron Kart lag auf dem Boden und Kim hätte ihn töten können. Doch er tat es nicht.«

»Warum?«, wunderte sich Priwinn. »Er hatte allen Grund dazu.«

»Es gibt keinen Grund, der gut genug ist, ein Leben zu nehmen«, sagte Großvater Temmy tadelnd. »Kim schenkte dem schwarzen Ritter das Leben. Kart aber dankte ihm diese Großzügigkeit mit Verrat und versuchte ihn zu ermorden. So sind die Bewohner Morgons nun einmal, weißt du? Sie kennen kein Verzeihen, sie kennen keine Gnade und sie kennen auch keine Dankbarkeit. So blieb Kim nichts anderes übrig als sich abermals dem Kampf zu stellen. Dabei fand Baron Kart den Tod, an dem Kim jedoch keine Schuld trug.

Plötzlich öffnete sich vor ihm ein Weg durch das Nichts, eine gewaltige Brücke, die zum Regenbogenkönig führte. Nach langen Stunden der Wanderung wartete auf Kim noch eine allerletzte Prüfung: der Vogel Rok, ein riesiges Geschöpf mit einer schwarzen und einer weißen Seite. Dieser Vogel war in der Lage, direkt in die Seelen der Menschen zu blicken, und als er dies getan hatte, wusste er, dass Kims Herz ohne Gewalt und Hass war. Da drehte er ihm seine weiße

Seite zu und ließ ihn unbehelligt passieren.«

»Hätte er Kart getötet ...«

»... so hätte er sich Roks schwarzer Seite gegenübergesehen und diese Geschichte hätte ein anderes Ende genommen«, führte Großvater Temmy den Satz zu Ende. »Ich hätte sie wohl nie erzählen können. So aber brachte Rok Kim zum Regenbogenkönig. Der uralte Zauberer wusste natürlich längst, warum Kim kam. Sie redeten lange miteinander und am Ende gelang es Kim, den Regenbogenkönig davon zu überzeugen, dass die Geschöpfe Märchenmonds ohne seine Hilfe dem Untergang geweiht seien.«

»Er hat ihn begleitet?«, fragte Priwinn hoffnungsvoll und richtete sich ein wenig auf.

»Nicht nur er«, antwortete Großvater Temmy. Seltsamerweise sah er bei diesen Worten aber nicht sehr erfreut aus, sondern wirkte fast betrübt.

»An der Spitze eines gewaltigen Heeres, das aus Reitern in goldenen Panzern bestand, erschaffen von der Magie des Zauberers, kehrte Kim in die gläserne Stadt zurück. Sie ritten über einen Regenbogen, der die Abgründe zwischen den Welten überspannte und direkt vor den Toren der Burg endete. Und sie kamen keine Sekunde zu früh!«

Großvater Temmy beugte sich vor, sodass sein Gesicht vom roten Schein der heruntergebrannten Glut erhellt wurde. »Vor den Toren der Stadt«, so fuhr er fort, »tobte eine gewaltige Schlacht. Boraas' Armee, angeführt vom Schwarzen Lord, der an der Seite seines finsteren Herrn ritt, hatte sich zum Sturm auf die gläserne Burg gesammelt, dem letzten Bollwerk der Menschen Märchenmonds gegen die Heerscharen des Bösen. Gerade als Kim und sein Heer eintrafen, brachen die Tore und die Verteidiger mussten dem Druck des übermächtigen Feindes nachgeben.«

Das weit entfernte Gewitter schien näher zu kommen. Am Himmel über ihnen wetterleuchtete es und das ferne Donnern und Rumoren hatte zugenommen. In Priwinns Ohren klang es wie der Lärm, mit dem zwei gewaltige Heere aufeinander prallen mochten.

»Die Verteidiger jubelten, als sie die Verbündeten sich nähern sahen, an die schon keiner von ihnen mehr wirklich geglaubt hatte, und tatsächlich schien sich das Blatt zu wenden, zumal am Ende der Regenbogenkönig selbst auftauchte, um an der Seite Kims und der anderen zu kämpfen.«

»Schien?«, fragte Priwinn misstrauisch. Großvater Temmy würde ihm doch nicht etwa eine Geschichte ohne Happyend erzählen? Das konnte sich Priwinn nicht vorstellen. Großvater Temmys Geschichten endeten immer gut.

Diesmal aber vielleicht nicht, denn er nickte und sagte leise und in nachdenklichem Ton: »Es schien nur so. Kim und seine Freunde kämpften heldenmütig. Vor allem Priwinn und die Steppenreiter vollbrachten die tapfersten Taten, von denen man je gehört hatte, und auch Themistokles und der Regenbogenkönig taten ihr Möglichstes. Doch am Ende unterlagen sie, denn sie fochten gegen einen Feind, dessen Zahl scheinbar unendlich war. Priwinn und seine Steppenreiter fielen und auch der Regenbogenkönig. Am Schluss war Kim allein.

Im Thronsaal der gläsernen Stadt, dort, wo Themistokles so lange weise und gütig über die Menschen Märchenmonds geherrscht hatte, standen er und Themistokles Boraas und dem Schwarzen Lord gegenüber, wohl wissend, dass sie keine Chance hatten, diesen furchtbaren Feind zu besiegen.«

Priwinn hing gebannt an Großvater Temmys Lippen. Natürlich würde Kim am Schluss doch noch siegen, davon war er felsenfest überzeugt. Wahrscheinlich hatte Großvater Temmy das alles nur erzählt, um die Sache etwas spannender zu machen. Aber er war schon gespannt, *wie*.

»Boraas selbst stellte sich nicht dem Kampf, stattdessen griff der Schwarze Lord Themistokles mit furchtbarem Hass an. Themistokles wehrte sich, so tapfer er konnte, aber dem Zorn und der Wildheit des Schwarzen Lords war er am Ende nicht gewachsen. Er fiel. Das Schwert glitt ihm aus der Hand und die Klinge des Schwarzen Lords berührte sein Herz. Zuvor jedoch war noch etwas Schlimmes geschehen: Im Kampf hatte Themistokles dem Schwarzen Lord den Helm vom Kopf geschlagen – und du kannst dir Kims Fassungslo-

sigkeit nicht vorstellen, als er in *sein eigenes Gesicht* blickte!«

Priwinn sah Großvater Temmy ziemlich verwirrt an. »Sein … eigenes Gesicht?«, fragte er zweifelnd.

»Erinnerst du dich, als ich von Kims Flucht aus der Feste Morgon berichtete? Im Thronsaal der schwarzen Burg blickte er in einen riesigen, finsteren Spiegel – ohne zu wissen, dass dieser Spiegel magische Macht besaß. Er vermochte das Spiegelbild dessen, der hineinsah, zum Leben zu erwecken. Doch es war ein Spiegelbild, das nur das Schlechte enthielt. Es war Kims eigenes böses Ich gewesen, das Boraas' Heer gegen Märchenmond geführt hatte. Denn wie sollte er sich selbst besiegen, wenn dieses andere Ich jeden seiner Gedanken kannte, aber keine Rücksicht oder Skrupel besaß?«

»Themistokles ist wohl dasselbe passiert«, vermutete Priwinn. »Boraas war gar nicht sein Zwillingsbruder, sondern sein dunkles Ich.«

Großvater Temmy nickte. »Noch einmal bot Boraas Kim an, in seine Dienste zu treten. Und als Kim dies ablehnte, da gab er dem Schwarzen Lord den Befehl, ihn zu töten.«

»Was er aber nicht getan hat«, vermutete Priwinn.

»Doch«, sagte Großvater Temmy.

Priwinn blinzelte. »Wie?«

»Ein Hagel schwarzer Pfeile traf Kim«, bestätigte Großvater Temmy. »Was hast du erwartet von einem Wesen, das weder Mitleid kennt noch ein Gewissen hat?«

Priwinn war vollkommen verstört. Er hatte mit einem überraschenden Ende gerechnet – aber doch nicht damit! Selbst die Natur schien erstaunt zu sein. Das Grollen des Gewitters und die Geräusche von Wind und Blättern ringsum waren verstummt. Es herrschte im wahrsten Sinne des Wortes Totenstille.

»Das ... ist aber ein seltsames Ende«, sagte er.

Großvater Temmy lächelte verschmitzt. »Wer sagt denn, dass es das Ende der Geschichte ist?«

»Aber wie kann sie denn weitergehen – wo doch alle tot sind?«

»Siehst du, genau das fragte sich Kim am nächsten Morgen auch, als er die Augen aufschlug und Priwinn – der andere Priwinn, wenn du verstehst –, Gorg, Kelhim und Themistokles an seinem Bett standen und selbst Rangarig den riesigen goldenen Kopf durch ein Fenster hereinstreckte. Und was meinst du, wie erstaunt er erst war, als er sich erhob und aus dem Fenster sah und nicht nur das schwarze Heer verschwunden, sondern die gläserne Stadt auch in all ihrer Pracht und Unversehrtheit wieder entstanden war. Was war geschehen?«

Großvater Temmy beugte sich noch weiter vor, machte eine flatternde Bewegung mit beiden Händen und beantwortete seine eigene Frage gleich selbst: »Das Böse hatte sich selbst vernichtet, weißt du? Nicht nur Kim und Themistokles hatten ihren Gegenpart in Boraas' schwarzem Heer, jeder einzelne Krieger, über den der finstere Magier gebot, war nichts als das Bild irgendeines Menschen, den die Magie des schwarzen Spiegels zum Leben erweckt hatte. Und als der letzte freie Mensch Märchenmonds fiel, da vergingen auch die finsteren Spiegelbilder. Gut und Böse nämlich können niemals unabhängig voneinander existieren. Sie gehören zusammen und sind in jedem Menschen. Indem der Schwarze Lord Kim, seine helle Seite, vernichtete, zerstörte er auch sich selbst. Und ebenso erging es Boraas und allen anderen. Und auch Morgon hörte im selben Augenblick auf zu existieren, in dem die gläserne Festung fiel, und Kims Schwester Rebekka war frei.«

Er seufzte und ließ sich wieder zurücksinken. Das Reden hatte ihn nun sichtbar erschöpft. Aber es war auch schon sehr spät geworden. Priwinn glaubte, dass es bestimmt schon Mitternacht sein müsse.

»Nun weißt du, warum du so heißt«, sagte Großvater Temmy. »Du hast allen Grund, stolz auf diesen Namen zu sein, denn es ist der Name eines tapferen Jungen, der noch viele Heldentaten begangen hat.«

»Wahrscheinlich kann ich ja noch froh sein, dass er mich nicht Rangarig getauft hat oder Kelhim«, grinste Priwinn. »Wie ist es Kim und Rebekka weiter ergangen?«

»Sie blieben noch lange in Märchenmond«, antwortete Großvater Temmy. »Auf dem Rücken von Rangarig reisten sie durch das ganze Land und erlebten noch viele wunderbare Dinge. Doch eines Tages kehrten sie wieder nach Hause zurück. Dort war übrigens nur eine Nacht vergangen.«

»Klar«, sagte Priwinn. »Schließlich ist alles nur ein Traum gewesen.«

»Der Unterschied ist gar nicht so groß, wie die meisten Menschen glauben«, entgegnete Großvater Temmy. »Kim und Rebekka erzählten niemandem von ihren Abenteuern, aber sie vergaßen es nie, auch nicht, als sie älter wurden und schließlich selbst Kinder hatten.«

»Warum haben mir meine Eltern diese Geschichte eigentlich nie erzählt? Sie ist toll!«

»Nun, zum einen, weil die Zeit dafür noch nicht gekommen war«, sagte Großvater Temmy. Er stand auf. »Und zum anderen, weil ich deinen Vater darum gebeten habe, sie dir selbst erzählen zu dürfen. Es ist unsere wichtigste und schönste Legende, musst du wissen. Da, wo ich herkomme, erzählen sie sich die Leute immer wieder.«

»Wo du ... herkommst?«, wiederholte Priwinn. Ihm wurde ein bisschen komisch.

»Heute ist dein Geburtstag, Priwinn«, sagte Großvater Temmy. »Wir haben so lange geredet, dass Mitternacht schon vorbei ist. Ich habe eine Überraschung für dich.«

»Eine Überraschung?«

Großvater Temmy nickte. »Da ist jemand, der dich gerne kennen lernen würde. Und ich bin sicher, dass er dir auch gefällt.«

Er deutete auf die Büsche hinter sich. Priwinn konnte im ersten Moment nur einen Schatten erkennen. Aber es war eindeutig der Schatten von etwas wirklich Riesengroßem, und als Priwinn aufstand und langsam darauf zuging, da glaubte er ein leises, aber machtvolles Knurren zu hören, und ein verirrter Lichtstrahl des Mondes spiegelte sich auf Schuppen, die wie geschmolzenes Gold schimmerten.